KB100123

BLONOTE

BLONOTE

심야 라디오를 진행할 당시 끝인사를 대신했던
한 뼘짜리 조각들입니다.

어떤 생각이나 고민의
시작도 끝도 아닌 문장들이지만
어떤 생각의 시작이 되고
어떤 고민의 끝이 되길 바랍니다.

마음이 허전할 때
쉽게 손 닿을 수 있는
가까운 곳에 두세요.

6

여행을 떠난다.

길을 찾으러 떠나는 게 아니라
잘못 가고 있는 나를 잠시 붙잡아두려고.

긴장감은
기대감이 얼굴 찌푸리고 있는 것.

7

8

내 몸무게에서
마음의 무게만 빼고 싶은 날이다.

사랑은 발자국.
지나간 후에만 선명해.

10

그만둬야겠단 생각을 하다가
그 생각을 그만뒀다.

비 오는
하늘이
너에게
알려주고
싶은 건

너 하나만
그런 게
아니라는 거야.

11

12

당신이 목숨걸고 쥐고 있는 것들이
당신의 목숨을 쥐고 있을지도.

나만을 따라다니는 먹구름이 있는 게 분명해.

13

배우 공효진의 손글씨

인생은 자전거 타는 것과
같다는데, 왜 나만
외발 자전거를 타고 있는 것 같지?

16

사진을 찍으면서
1초가 생각보다 길다는 걸 배운다.

기대 이하라고 하기 전에
나한테 어울리는 기대를 해줘.

17

끝.
너란 녀석은 너의 의미만큼 간결하구나.

눈을 감으면 너만 보이는데
눈을 뜨면 널 볼 수가 없다는 게
날 미치게 해.

19

20

경험 쌓기가
모래성 쌓기일까봐 두려워요.

행복.
행하면 복이 옴.

21

22

쉽게 후회하는 성격을 고치기 위해
돌이킬 수 없는 일들만 저지르기로 한다.

명장면의 연출가는
세월이다.

23

다들 영화처럼
살고 싶다고 하는데
그럼
두 시간만 살 건가

영화감독 박찬욱의 손글씨

26

그녀는 시집을 읽고 있었고
그는 멀찌감치서 그녀를 읽고 있었다.

시간과 중력은 많이 닮았구나.

27

28

내 마음속에 주차장이 있는데
차를 두고 떠난 사람들이 너무 많다.

제자리가
제 자리가
되어가네요.

이뤄지지 않은
사랑도
사랑이라
부르는데

이뤄지지 않은
꿈은
왜 실패라고
부르냐.

지구는 동그란데
세상은 납작해졌어.

31

버스커 버스커 장범준의 손글씨

저는 아웃사이더가 아니라
당신 곁에 있는 겁니다.

34

보이지 않을 때까진 보이지 않는 것:
사람의 숨.

아빠가 즐겨 입으셨던 코트를 입어보니
그가 얼마나 따뜻한 사람이었는지 느껴진다.

35

36

백 명이 나란히 서서 같은 그림을 바라보고 있었다.
아흔여덟 명에겐 동그라미가 보였고,
나머지 두 명에겐 각각 삼각형과 사각형이 보였다.
이 둘은 사랑에 빠졌다.

뜻대로 되지 않는 일이
뜻밖의 일이 돼.

37

38

인생은 짧고 계절은 더 짧아요.
마음껏 타세요.

숲을 보고,
나무를 봐라.

난 하늘
볼란다.

40

순수
[명사] 전혀 다른 것의 섞임이 없음.

뜻을 보니 그닥 순수하진 않네.

변하지 말라고 하지 말고
나와 함께 변해줘.

41

42

귀신들의 대화를 엿들었어요.

"야, 쟤네 세상이 더 무섭다."

마음대로 되는 게 없다면서 한숨을 쉰다.
되게 하려던 마음조차 잃으면서,

43

천사에겐 악마가
천사가 아니지만,
악마에겐 천사가
악마다.

빅뱅 권지용의 손글씨

46

생각의 소리는
머리 돌아가는 소리가 아니라
연필깎이 돌아가는 소리.

너의 기억들도
그저 사진밟을 작 받는 것뿐.

47

48

남다르고는 싶지만
남이 되긴 싫어요.

머리를 따를지
마음을 따를지 고민하는 너.
지금까지 손잡고 있던 니의 머리와 너의 마음은
그러는 너를 의아해한다.

49

학생 도혜연의 손글씨

설명할수없는일은
그걸수밖에없는
기적이거나
그냥
니네가 설명을
잘 못하는거야

52

나한테 기대하는 게 전혀 없는
그런 친구가 필요해.

'다시'에 '는' 하나 붙었을 뿐인데
어찌 이리 달라질까.

54

사랑에 뛰어들며 하는 생각.

'이거 배낭이냐, 낙하산이냐?'

시간을 '흐른다'고 표현하는 걸 보니
엎지른 사람이 많았나봐.

56

삶의 의미를 몰라도 숨은 쉬어지듯이
행복을 몰라도 웃을 수는 있을 거야.

죽음에 대한 두려움은 어쩌면
삶에 대한 소급함.

이별 후
처음으로 장갑을 사고 있다.

라디오 작가 김재연의 손글씨

60

비행기를 타면
평생 안 읽던 책도 읽게 된다.
가둬두되, 띄워줘야 공부한다.

"어디서 영감을 얻으세요?"

영감이 서를 읽는 기죠.

61

헌것을 버리지 못하는 친구가 있다.
그 사람의 방은 내 마음을 닮았다.

몸이 무거우면 끌고 다니지 마세요.

63

64

실수, 잘못, 죄.

저마다의 이름이 있다는 건
하나로 취급하지 말아달라는 겁니다.

내가 자서전을 쓴다면,
잔혹동화가 될 것 같이.

65

"보고 싶다"는 말이
진짜로 보자는 말은 아니구나.

전봇대,
벽, 차창.

네가 없어도
기댈 곳
많아.

68

나의 어린 시절 일기장은
폐장한 놀이공원 같다.

올라갈 땐 계단.
내려올 땐 절벽.

사랑.

69

70

사서 한 고생 되팝니다.

'여전히'와 '아직도'의 차이는 엄청나구나.

71

72

작년에 줬던 상을 뺏는 시상식이 열렸다.
수상소감은 전부 구질구질했다.

연예기사 댓글창엔
별 없는 밤하늘을 바라는 사람들이 바글바글

73

엄마는 여전히
나를 낳기 위해 진통중이시다

학생 *건의원*의 손글씨

사랑해서 닮아진 게 아니라
닮아서 사랑에 빠진 거죠.

네가 듣고 싶은 말
나한테 꿈 에게.

77

음치도 머릿속으로는
노래를 잘만 부르고 있겠지?

너를 향한 내 서툰 마음이 그래.

살기 힘든 세상은 견딜 수 있어요.
살기 싫은 세상인 게 문제예요.

내가 시장 수조
안에 있는 물고기라면
일부러 안 싱싱한 척
할 것 같아

개그맨 **양세형**의 손글씨

82

나에게 빛이 보이지 않는 이유는
그대가 눈을 떠주지 않아서입니다.

상상하지도 못한 일들은
상상을 살찌워주기 위해 일어난다.

83

꿈쩍도
하지 않는
당신의
마음이

누구의
마음을
움직이겠어요.

실제로 시간을
조금씩 빨리 가게 하고 있는 게
분명해.

86

물건이 생각했다:
소중해서 들어간 서랍, 버려지려 들어간 줄 몰랐다.

"너에게 좋은 일이 있었으면 해."

나에게 이 말을 해주는 네가 있다는 게
바로 그 좋은 일이야.

87

뮤지션 윤하의 손글씨

엽차능사를 사랑했는데

그 사랑을 나를

흘러가며 정당히 느껴봐보다.

90

돈과 독은
참으로 돈독하게 붙어다니네.

어른이 된다고
더 나은 인간이 되는 건 아니다.

91

내 마음 잠시만
외장하드에 옮겨놓고 싶다.

빙산의 일각만 보고 싶지 않다면
뛰어들 각오를 하셔야 해요.

'짝사랑'보다
'짝짝이 사랑'이란 표현이 더 정확할 듯.

누가 알아주기 전에

네가 너를 알아주길.

95

96

몸이 열 개였으면 좋겠다면서
이 하나를 낭비하고 있네.

추억은 멀수록
가깝세 느껴지는 것.

97

내 마음을 다시 만들 수 있다면
큰 공으로 빚어서
너와 주고받고 싶어.

어려웠던 일들은 쉬워지고
쉬웠던 일들은 어려워진 나이.

100

어른들이 착각하는 '긍정'

"저는 (저에게) 좋은 생각만 해요!"

매듭을 오래 쥐고 있다보니
짓고 있었는지
풀고 있었는지 모르겠다.

101

광고인 서윤의 손글씨

권태,
알고 싶은 것보다
모르고 싶은 것이
많아지는 때。

104

금연 표시가 있는 곳에 재떨이가 놓여 있다.
밀당은 이렇게.

'없어 보인다'는 말이 그리 나쁜가?
신싸 없으면 보이지도 않아요.

105

나비를 바라보며 미소 짓는 아이를 바라보는
나방의 마음은 어떨까?

얕은 생각을 길게 한다고
깊은 생각이 되진 않아요.

107

어렸을 땐 날 좋아해줄 사람을 찾아 헤맸고,
이제는 날 미워하지 않을 사람을 찾아 헤맨다.

마음의 온도는 계절을 모르죠.

꽃봄 크리에이티브 디렉터 _김혜진_ 의 손글씨

어떤 이별은

삶이 되는 이별을 불러온다.

112

'이보다 좋을 수 없다'는
부정적인 생각이잖아.

개천에서 용 나는 시대는 갔고
개천에서 용쓰는 시대만 남았다.

13

114

그 사람이 보고 싶어할 때까지 기다리지 마세요.
그때쯤이면
다른 사람을 보고 있을 거예요.

두렵지 않아, 두렵지 않아, 두렵지 않아.

두려움을 부르는 주문.

115

116

할 수 있는 건 다 했어.
할 수 없는 것도 해냈어야 했을 뿐.

꺾어야 내 것이 되는 건,
꽃뿐이이야 합니다.

117

118

이번만 넘어가면 된다는 생각을
이번만 한 게 아니라는 것이,
함정.

그녀의 남자친구는
남자답지도
친구답지도 않았다.

119

120

마음 깊은 곳에 있는 사람일수록
손이 닿기 어렵기도 하죠.

할로윈 날에만
가면을 빗는 사람도 있겠지?

취직은? 결혼은?
지겹던 질문들.

취직하고 결혼하고 세월이 흐른 뒤
내 안부엔 전혀 관심이 없는 직장동료와 배우자 덕분에
이제 그 질문들이 그립다.

"한숨 좀 그만 쉬어."
"이렇게라두 숨쉬어야지."

123

화나도
참으라고 해서
참았는데

참았다는
사실에
화가 나.

이기적인 사람은
죽도록 외로워봐야 한다.

125

내 하루하루를 선곡표로 짜보니
같은 노래만 한가득.

이 목도리를 짜준 너의 두 손이
훨씬 더 따뜻했을 테데

127

일이 늦게 끝날 땐
집이 나에게 와줬으면
좋겠다는 생각을 한다.

모델·배우 **이성경**의 손글씨

입구인지 출구인지는
문을 열어봐야 알죠.

얼마 남지 않았단 생각을
가질 시간도 얼마 남지 않았구나.

131

어떤 이에겐 청첩장이
초대장이 아닌 내용증명으로 느껴지겠지?

내 기억 속에 살 거면
월세라노 내고 살아라.

눈물조차 나지 않을 때
나 대신 울어주는 책과 영화
그리고 노래가 있어서
어찌나 다행인지.

떠나고
싶지 않은
곳으로

떠나고 싶어.

우울.

'우물'로 잘못 읽었는데
바로 그거였다.

어차피 나를 이해하려는 사람은
니밖에 없어

138

다 마음에 들기엔
내 마음이 좀 좁다.

싸우면서 친해지는 게 아니라
싸우고도 남아 있으면 친구인 거죠.

139

학생 남수영의 손글씨

우리가 놓아버린 것들이
여전히 우릴 향해 손 내밀고 있어요.

내 마음도 비수기, 성수기가 있어.
미리 알아보고 오기를.

애초부터 흐린 물이라서
미꾸라지가 헤엄쳐 들어온 겁니다.

143

144

함께 걸을 때
어딜 가고 있는지 잊게 해주는 사람을
만나세요.

너가 곁에 있어야 행복하다기보단
너가 곁에 없으면 불행할 것 같은 거지.

145

146

'오는 길에'로 시작하는 부탁을 많이 듣는 사람일수록
어른이라는 생각이 들었다.

마법사도
자신의 엄마가 해내는 일들을 신기해합니다.

147

어떤 사랑은
마음도 아닌
몸도 아닌
세워침을 하는 것

학생 *김서현*의 손글씨

150

분명 살얼음 아래 자유가 흐르는데
오늘도 조심조심.

얼마나 오래 만났느냐가
그 사랑의 가치를 결정한다고 생각하는 건
얼마니 오래 산았느냐가
그 삶의 가치를 결정짓는다고 생각하는 것과 같다.

아예 모르는 사람과도
멀어질 수 있는
희한한 시대.

사람을
계단으로
여기시다간

굴러
떨어집니다.

154

내가 가장 아끼는 것을 주려고 할 때
내가 가장 아끼지 않는 것을 받으려고 하는 당신이
사랑입니다.

집 떠나면 고생.
고생 떠나면 집.

검정치마 조휴일의 손글씨

중고 악기를 샀다.
누군가의 못다 한 꿈이
이렇게 값싸다니.

158

이성문제인데 이성이 자리할 틈이 없네.

속삭임이 고함보다 설득력 있는 이유는
한 사람을 한 발 뒤로가 아닌
힌 발 앞으로 오게 해서다.

159

시간이 약이라는데
도대체 몇 알을
먹어야 하나?

만화가 **이말년**의 손글씨

빠지기엔
너무 얕은 사랑이었던 거다.

그래,
먼 훗날 뒤돌아보면
오늘도 그저 세월에 찍힌 작은 점이겠지.

그래도 그 점이
오르는 선의 시작점이었는지
떨어지는 선의 시작점이었는지는
중요하잖아.

163

이 또한
지나가지
않았으면.

나를 나보다 더 걱정해주는 사람은
그 이면 걱정보다 크다,

"될까?"보다는
"됐으면!"이
될 가능성이 크지 않을까요?

숨쉬는 건
하늘을 몸에 담는 일.

167

'만약'이란 단어는
때론 '만병통치약'의 줄임말 같다.

진심은
알아주든 말든
ㄱ대로
진심.

나쁜 사람의 입으로
'좋은 사람'이라고 불리고 싶진 않다.

내가 나를
사랑하지
않는
것이야말로

짝사랑.

당신 덕인데도
하늘에게 감사하라는 엄마의 말을 들으면
땅을 보게 된다.

미안할 일을 하지 않는 것이 사랑이겠지만
그 미안한 마음조차도 사랑 아닐까요?

173

1/4

가고 싶은 길,
가야 하는 길,
그리고 지금 가고 있는 길…….

다 다른데 어떡하죠?

슬퍼하더라도 절망하지는 말고,
쓰러지더라도 무너지지는 말자.

175

내 증명사진은
내가 못났음을 증명하기만 하네.

휴대폰이 나를 들고 다닌다는 생각이 들어.

휴대몸,

무지함을 인간적인 거라고
천박함을 솔직한 거라고
여기고 있는 건 아닐까.

완전한 세상을 꿈꾸다니요.
안전한 세상도 아닌 주제에.

179

좋은 가사는
"누군가는 이 노래를 정말 사랑했겠구나"라고
느끼게 해준다.

반하게 했으면
나머지 반은 네가 해야지.

181

디자이너 **김기쵸**의 손글씨

184

빈티지와 앤티크에 환장하는 그 사람.
나이를 물으면 오히려 정색한다.

타고난 사람이 부러우면
옆에 타세요.

185

나를 벼랑 끝까지 몰고 온 사람보다
벼랑에서 툭 치는 사람이
더 미운 법.

간직할 줄 모르고 가질 줄만 안다면
부자가 아니라
쓰레기통이겠네.

187

188

노래를 크게 듣고 있었다.
옆집에서 항의가 들어왔다.

방음의 문제가 아니라 낭만의 문제인 듯해.

내 갈 길을 막는 사람들도
그저 내 앞에서 헤매는 중일지도.

귀를 열고 눈을 감아야
보이는 것들이 있어.

욕심내지 않으니까
욕심낼 것들이 생기네.

192

"잘못했어"와 "잘 못했어"는
같은 거 아니에요.

괜찮아요.

흑역사가 아니라
B컷이야.

193

추울 때 생각나는 사람이라고
따뜻한 사람은 아니다.

후유증이에요.

미련으로
오해하지 마세요.

너를 사랑하는 건
달려오는 기차를 몸으로 막는 기분.

추억에 잠기는 건
과거에 머물겠다는 게 아니라
앞으로도 기억할 만한 미래를 만들고 싶다는 거예요.

198

나를 괴롭히던 그 사람
이젠 빈자리로 괴롭히네.

가진 게
하나라도
있게
해주세요.

내 머릿속은 만실인데
투숙객은 나 하나.

아무리 몰라도 되는 거라지만
몰라서 되진 않아요.

201

202

소처럼 일해서
월급날 소고기 먹네.

주위담을 수 없는 말들만
줍고 다니는 사람들이 있더라.

203

204

사랑싸움이 잦아지면
싸움사랑이 돼요.

때와 장소가 있다는데
시계도 지도도 없다.

2.05

그 사람이 말한다.
"선물? 너가 최고의 선물이지!"

포장지 뜯어도 같은 생각일까?

너 정도면 됐다.
우주까진 필요 없다.

지렁이가 날 수 있는 방법은
새에게 잡히는 것밖에 없나?

다시 태어나도 자신으로 태어나겠다는 사람은
매우 부지런하거나
매우 게으른 사람이다.

되고 싶은 나와
드릴 나의
간격을 좁히는 것이
열제

학생 이서림의 손글씨

212

어릴 땐 듣기 싫은 말들이 많았는데
어른이 되니 듣고 싶은 말들이 많네.

나를 낳아준 콜라보.
불협화음투성이어도
내 귀엔 여전히 아름답다.

쉬고 싶은 게 아니라
노느라 바쁘고 싶은 거지.

내가 싫은 건 상관없는데
내가 상관없는 건 도무지 싫다.

215

커피 마시면서 만나고,
커피 마시면서 이별하고.

커피는 사랑에 대해 모르는 게 없을 거야.

내 마음은
하루 안에 사계절을 겪네.

217

분명히 방황인데
내겐 날갯짓처럼 보인다.

사람의 깊이는
빠졌다가 벗어나봐야만 알아요.

220

반과 반이 만나
둘을 만들진 못해요.

가족:
내가 선택하지도 않은 사람들 때문에 힘들다지만
그들도 나를 선택한 건 아니다.

221

222

진정한 시간 낭비는
시간을 낭비로라도 쓰지 않는 것.

보자마자 과거형이 되는 짧은 계절:
봄.

223

잊지 않으려고 메모를 해뒀는데
메모지를 잃어버린 거지.

그게 너와 나 사이인 거지.

큰 그림을 보라고 하니
뒷걸음질만 하게 되네.

행운이 있길 바란다고 했더니 친구가 말했다.
"왜, 그딴 거 없으면 못해낼까봐?"

위로와
응원 사이

무언가가
필요해.

228

다른 사람의 손을 잡고 지나가면서
날 모른 척하더라.

그 순간 떠올랐던 건,
공장 초기화.

부모 가슴에 못을 박은 망치.
못을 뽑는 것도 그 망치입니다.

"정말 지울 건가요?"
아무리 "예"를 눌러도 저장되는 것이 있네.

너가
죄책감을
느끼지
못하는 건

죄가
없어서가
아니란다.

232

추억의 장소는
내 마음이 짓고 내 머리가 무너뜨린다.

후회는
상상력이 풍부한 사람이니까 할 수 있는 겁니다.

233

234

이 익숙함도 낯선 감정이라서
설레던 순간이 있었을 텐데.

내가 나에게 더 자주 해줘야 하는 말은
"잘될 거야"가 아니라
"잘됐잖아"야.

오늘이 마지막이라 생각하며 산다고?
오늘은 오늘이 마지막 맞아.

등을 보고 사랑하다,
얼굴 보고 이별하네.

238

이젠 달력이 찢겨져나갈 때마다
내가 조금씩 찢겨져나가는 듯해.

이왕 울 거면
내 앞에서 울어라.

그리운
날들을
붙들고 있는
힘으로

그리울
날들을
만들어보자.

당신의 귀갓길에
레드카펫을 깔아드리고 싶습니다.

241

라디오 DJ 배 한나의 손글씨

인생이 플레이리스트 같았으면 좋겠다.
슬픈 노래 뒤이
밝은 노래 하나 준비해두게.

때론
반가움이 그리워서
그리움을 반가워한다.

둘에서 시작한 하나인데
다시 둘이 되기 참 힘들구나.

2.45

일어나지 않을 일이라서 걱정하지 말라는 게 아니라,
일어나지 않아야 할 일이라서 걱정하지 말라는 거야.

당신이 간절히 찾는 '들어줄 사람'도
'들려줄 사람'을 찾아요.

247

정들면 헤어질 때 힘들어.
세상하고 정 떼는 중.

내가 가장 그리워하는 사람은
나인 것 같아.

250

영원한 건 없다는 사실.
그 사실 역시 영원하지 않았으면 좋겠다.

너무
아름다워서

기억도
하고 싶지
않은 날.

우산을 씌워줄 힘이 없을 땐
비를 함께 맞을게요.

*타블로*의 손글씨

좋은 꿈 꾸세요

BLONOTE

1판 1쇄 발행 2016년 9월 28일
1판 2쇄 발행 2016년 10월 5일

지은이　　　　타블로

편집장　　　　김지향
편집　　　　　김지향 이희숙 박선주
표지 디자인　　최정윤
본문 디자인　　이보람 최정윤
제작　　　　　강신은 김동욱 임현식
마케팅　　　　방미연 이재익
홍보　　　　　김희숙 김상만 이천희

펴낸이　　　　이병률
펴낸곳　　　　달 출판사
출판등록　　　2009년 5월 26일 제406-2009-000034호
주소　　　　　10881 경기도 파주시 회동길 210
전자우편　　　dal@munhak.com
페이스북　　　/dalpublishers
트위터　　　　@dalpublishers
인스타그램　　dalpublishers
전화번호　　　031-955-2666(편집) 031-955-2688(마케팅)
팩스　　　　　031-955-8855
ISBN　　　　 979-11-5816-043-2 03810